Der Spaziergang unter den Linden

Friedrich Schiller

Aus dem württembergischen Repertorium

1782

Wollmar und Edwin waren Freunde und wohnten in einer friedlichen Einsiedelei beisammen, in welche sie sich aus dem Geräusch der geschäftigen Welt zurückgezogen hatten, hier in aller philosophischen Muße die merkwürdigen Schicksale ihres Lebens zu entwickeln. Edwin, der glückliche, umfaßte die Welt mit frohherziger Wärme, die der trübere Wollmar in die Trauerfarbe seines Mißgeschicks kleidete. Eine Allee von Linden war der Lieblingsplatz ihrer Betrachtungen. Einst an einem lieblichen Maientag spazierten sie wieder; ich erinnere mich folgenden Gespräches:

Edwin. Der Tag ist so schön – die ganze Natur hat sich aufgeheitert, und Sie so nachdenkend, Wollmar?

Wollmar. Lassen Sie mich. Sie wissen, es ist meine Art, daß ich ihr ihre Launen verderbe.

Edwin. Aber ist es denn möglich, den Becher der Freude so anzuekeln?

Wollmar. Wenn man eine Spinne darin findet – warum nicht? Sehen Sie, Ihnen malt sich jetzt die Natur wie ein rothwangigtes Mädchen an seinem Brauttag. Mir erscheint sie als eine abgelebte Matrone, rothe Schminke auf ihren grüngelben Wangen, geerbte Demanten in ihrem Haar. Wie sie sich in diesem Sonntagsaufputz belächelt! Aber es sind abgetragene Kleider und schon hunderttausendmal gewandt. Eben diesen grünen wallenden Schlepp trug sie schon vor Deukalion, eben so parfümiert und eben so bunt verbrämt. Jahrtausende lang verzehrt sie nur mit dem Abtrag von der Tafel des Todes, kocht sich Schminke aus den Gebeinen ihrer eigenen Kinder und stutzt die Verwesung zu blendenden Flittern. Es ist ein unfläthiges Ungeheuer, das von seinem eigenen Koth, viele tausendmal aufgewärmt, sich mästet, seine Lumpen in neue Stoffe zusammenflickt und groß thut und sie zu Markte trägt und wieder zusammenreißt in garstige Lumpen. Junger Mensch, weißt du wohl auch, in welcher Gesellschaft du vielleicht jetzo spazierest? Dachtest du je, daß dieses unendliche Rund das Grabmal deiner Ahnen ist, daß dir die Winde, die dir die Wohlgerüche der Linden herunterbringen, vielleicht die zerstobene Kraft des Arminius in die Nase blasen, daß du in der erfrischenden Quelle vielleicht die zermalmten Gebeine unsrer großen Heinriche kostest? Pfui! Pfui! Die Erderschütterer Roms, die die majestätische Welt in drei Theile rissen, wie Knaben einen Blumenstrauß unter sich theilen und an die Hüte stecken, müssen vielleicht in den Gurgeln ihrer verschnittenen Enkel einer wimmernden Opernarie frohnen. – Der Atome, der in Platos Gehirne dem Gedanken der Gottheit bebte, der im Herzen des Titus der Erbarmung zitterte, zuckt vielleicht jetzo der viehischen Brunst in den Adern der Sardanapale oder wird in dem Aas eines gehenkten Gaudiebs von den Raben zerstreut. Schändlich! Schändlich! Wir haben aus der geheiligten Asche unserer Väter unsere Harlekinsmasken zusammengestoppelt; wir haben unsere Schellenkappen mit der Weisheit der Vorwelt gefüttert. Sie scheinen das lustig zu finden, Edwin?

Edwin. Vergeben Sie. Ihre Betrachtungen eröffnen mir komische Scenen. Wie? wenn unsre Körper nach eben den Gesetzen wanderten, wie man von unsern Geistern behauptet? Wenn sie nach dem Tod der Maschine eben das Amt fortsetzen müßten, das sie unter den Befehlen der Seele verwalteten; gleichwie die Geister der Abgeschiedenen die Beschäftigungen ihres vorigen Lebens wiederholen, quae cura fuit vivis, eadem sequitur tellure repostos.

Wollmar. So mag die Asche des Lykurgus noch bis jetzt und ewig im Ocean liegen!

Edwin. Hören Sie dort die zärtliche Philomele schlagen? Wie? wenn sie die Urne von Tibulls Asche wäre, der zärtlich wie sie sang? Steigt vielleicht der erhabene Pindar in jenem Adler zum blauen Schirmdach des Horizonts? Flattert vielleicht in jenem buhlenden Zephyr ein Atome Anakreons? Wer kann es wissen, ob nicht die Körper der Süßlinge in zarten Puderflöckchen in die Locken ihrer Gebieterinnen fliegen? Ob nicht die Ueberbleibsel der Wucherer im hundertjährigen Rost an die verscharrten Münzen gefesselt liegen? Ob nicht die Leiber der Polygraphen verdammt sind, zu Lettern geschmolzen oder zu Papier gewalkt zu werden, ewig nun unter dem Druck der Presse zu ächzen und den Unsinn ihrer Collegen verewigen zu helfen? Wer kann mir beweisen, daß der schmerzliche Blasenstein unsers Nachbars nicht der Rest eines ungeschickten Arztes ist, der nunmehr zur Strafe die ehemals mißhandelten Gänge des Harns ein ungebetener Pförtner hütet, so lang in diesen schimpflichen Kerker gesprochen, bis die geweihte Hand eines Wundarztes den verwünschten Prinzen erlöst? Sehen Sie, Wollmar! aus eben dem Kelche, woraus Sie die bittere Galle schöpfen, schöpft meine Laune lustige Scherze.

Wollmar. Edwin! Edwin! Wie Sie den Ernst wieder mit lächelndem Witz übertünchen!– Man sage es doch unsern Fürsten, die mit einer zuckenden Wimper zu vernichten meinen. Man sage es unsern Schönen, die mit einer farbigten Landschaft im Gesicht unsre Weisheit zur Närrin machen wollen. Man sage es den süßen Herrchen, die eine Handvoll blonde Haare zu ihrem Gott machen. Mögen sie zusehen, wie die Schaufel des Todtengräbers den Schädel Yoriks so unsanft streichelt. Was dünkt sich ein Weib mit ihrer Schönheit, wenn der große Cäsar eine anbrüchige Mauer flickt, den Wind abzuhalten?

Edwin. Aber wo hinaus denn mit dem allem?

Wollmar. Armselige Katastrophe einer armseligen Farce! – Sehen Sie, Edwin! Das Schicksal der Seele ist in die Materie geschrieben. Machen Sie nunmehr den glücklichen Schluß.

Edwin. Gemach, Wollmar. Sie kommen ins Schwärmen. Sie wissen, wie gern Sie da die Vorsicht mißhandeln.

Wollmar. Lassen Sie mich fortfahren. Die gute Sache scheut die Besichtigung nicht.

Edwin. Wollmar besichtige, wenn er glücklicher ist.

Wollmar. O pfui! Da bohren Sie gerade in die gefährlichste Wunde. Die Weisheit wäre als eine waschhafte Mäklerin, die in jedem Hause schmarotzen geht und geschmeidig in jede Laune plaudert, bei dem Unglücklichen die Gnade selbst verleumdet, bei dem Glücklichen auch das Uebel verzuckert. Ein verdorbener Magen verschwätzt diesen Planeten zur Hölle, ein Glas Wein kann seine Teufel vergöttern. Wenn unsre Launen die Modelle unsrer Philosophieen sind, – sagen Sie mir doch, Edwin, in welcher wird die *Wahrheit* gegossen? Ich fürchte, Edwin, Sie werden weise sein, wenn Sie erst finster werden!

Edwin. Das möcht' ich nicht, um weise zu werden!

Wollmar. Sie haben das Wort »glücklich« genannt. Wie wird man das, Edwin? Arbeit ist die Bedingung des Lebens, das Ziel Weisheit, und Glückseligkeit, sagen Sie, ist der Preis. Tausend und abermal tausend Segel fliegen ausgespannt, die glückliche Insel zu suchen im gestadlosen Meere und dieses goldene Vließ zu erobern. Sage mir doch, du Weiser, wie viel sind ihrer, die es finden? Ich sehe hier eine Flotte im ewigen Ring des Bedürfnisses herumgewirbelt, ewig von diesem Ufer stoßend, um ewig wieder daran zu landen, ewig landend, um wieder davon zu stoßen. Sie tummelt sich in den Vorhöfen ihrer Bestimmung, kreuzt furchtsam längs dem Ufer, Proviant zu holen und das Takelwerk zu flicken, und steuert ewig nie auf die Höhe des Meeres. Es sind diejenigen, die heute sich abmüden, auf daß sie sich morgen wieder abmüden können. Ich ziehe sie ab, und die Summe ist um die Hälfte geschmolzen. Wieder Andere reißt der Strudel der Sinnlichkeit in ein ruhmloses Grab. – Es sind diejenigen, die die ganze Kraft ihres Daseins verschwenden, den Schweiß der Vorigen zu genießen. Man rechne sie weg, und ein armes Viertheil bleibt noch zurück. Bang und schüchtern segelt es ohne Compaß, im Geleit der bezüglichen Sterne, auf dem furchtbaren Ocean fort, schon flimmt wie weißes Gewölk am Rande des Horizonts die glückliche Küste, Land ruft der Steuermann, und siehe! ein elendes Brettchen zerbirstet, das lecke Schiff versinkt hart am Gestade. Apparent rari nantes in gurgite vasto. Ohnmächtig kämpft sich der geschickteste Schwimmer zum Lande, ein Fremdling in der ätherischen Zone irrt er einsam umher und sucht thränenden Augs seine nordische Heimath. So ziehe ich von der großen Summe eurer freigebigen Systeme eine Million nach der andern ab. – Die Kinder freuen sich auf den Harnisch der Männer, und diese weinen, daß sie nimmermehr Kinder sind. Der Strom unsers Wissens schlängelt sich rückwärts zu seiner Mündung, der Abend ist dämmerig wie der Morgen, in der nämlichen Nacht umarmen sich Aurora und Hesperus, und der Weise, der die Mauern der Sterblichkeit durchbrechen wollte, sinkt abwärts und wird wieder zum tändelnden Knaben. Nun, Edwin! rechtfertigen Sie den Töpfer gegen den Topf; antworten Sie, Edwin!

Edwin. Der Töpfer ist schon gerechtfertigt, wenn der Topf mit ihm rechten kann.

Wollmar. Antworten Sie.

Edwin. Ich sage, wenn sie auch die Insel verfehlt, so ist doch die Fahrt nicht verloren.

Wollmar. Etwa das Aug an den malerischen Landschaften zu weiden, die zur Rechten und Linken vorbei fliegen? Edwin? Und darum in Stürmen herumgeworfen werden, darum an spitzigen Klippen vorbei zu zittern, darum in der wogenden Wüste einem dreifachen Tode um den Rachen zu schwanken! – Reden Sie nichts mehr, mein Gram ist beredter als Ihre Zufriedenheit.

Edwin. Und soll ich darum das Veilchen unter die Füße treten, weil ich die Rose nicht erlangen kann? Oder soll ich diesen Maitag verlieren, weil ein Gewitter ihn verfinstern kann? Ich schöpfe Heiterkeit unter der wolkenlosen Bläue, die mir hernach seine stürmische Langeweile verkürzt. Soll ich die Blume nicht brechen, weil sie morgen nicht mehr riechen wird? Ich werfe sie weg, wenn sie welk ist, und pflücke ihre junge Schwester, die schon reizend aus der Knospe bricht. – –

Wollmar. Umsonst! Vergebens! Wohin nur ein Samenkorn des Vergnügens fiel, sprossen schon tausend Keime des

Jammers. Wo nur eine Thräne der Freude liegt, liegen tausend Thränen der Verzweigung begraben. Hier an der Stelle, wo der Mensch jauchzte, krümmten sich tausend sterbende Insekten. In eben dem Augenblick, wo unser Entzücken zum Himmel wirbelt, heulen tausend Flüche der Verdammniß empor. Es ist ein betrügliches Lotto, die wenigen armseligen Treffer verschwinden unter den zahllosen Nieten. Jeder Tropfe Zeit ist eine Sterbeminute der Freuden, jeder wehende Staub der Leichenstein einer begrabenen Wonne. Auf jeden Punkt im ewigen Universum hat der Tod sein monarchisches Siegel gedrückt. Auf jeden Atomen les' ich die trostlose Aufschrift: *Vergangen!*

Edwin. Und warum nicht: *Gewesen?* Mag jeder Laut der Sterbegesang einer Seligkeit sein – er ist auch die Hymne der allgegenwärtigen Liebe. – Wollmar, an dieser Linde küßte mich meine Juliette zum erstenmal.

Wollmar *(heftig davon gehend)*. Junger Mensch! Unter dieser Linde hab' ich meine Laura verloren.